AF186765

Siggi Selector

Sex and
Surprise

Sex und Überraschung
Bilingual German – English

Sex and Surprise

Surprise

Sex und

Überraschung

Eine zweisprachige Porno-Geschichte,
die man parallel lesen kann.

A Bilingual Porn-Story for Parallel Reading

Siggi Selector

Impressum - Imprint

Titel:
Sex und Überraschung, Sex and Surprise

Untertitel - Subtitle:
German English erotic parallel text.
Erotischer paralleler Text

Autor - Author:
Siggi Selector

Titelbild – Cover photo:
© Ospictures | Dreamstime.com

Bibliografische Information der Deutschen Nationalbibliothek:
Die Deutsche Nationalbibliothek verzeichnet diese Publikation in der
Deutschen Nationalbibliografie; detaillierte bibliografische Daten sind
im Internet über http://dnb.d-nb.de abrufbar.

© 2018 Siggi Selector

Herstellung - Printing
Books on Demand GmbH,
Norderstedt, Germany
ISBN: 9783748183457

Inhalt / Contents

Das Experiment 6

The Experiment 7

Ankunft in Frankfurt... 10

Arrival in Frankfurt.. 11

Entdeckung einer Schönheit 12

Discovery of a Beauty 13

Vorspiel... 22

Foreplay.. 23

Massage mit Hand und Fuss 24

Massage with hand and feet 25

Hauptspiel mit Überraschung................................. 28

Main Act with Surprise 29

Position 2, Hündchenstellung stehend.................... 36

Position 2, Doggy, me standing.............................. 37

Position 3, Reiterstellung auf dem Bett................... 40

Position 3, Cowboy riding on the bed..................... 41

Abschiessen aus liegender Position.......................... 44

Schooting while lying... 45

Schlußgespräch.. 46

After Sex Talk.. 47

Zusammenfassung, Resümee 52

Summary, Resume 53

Die Laufhäuser in Deutschland................................. 54

Walk-Trough Brothels in Germany 55

Achtung, Attention:
Porn-story with a shocking surprise.
Porno mit schockierender Überraschung.

Das Experiment

Dieses kleine Buch ist ein Experiment.

In zweierlei Hinsicht.

Erstens, ist es eine Geschichte, die nur kurze Sätze verwendet, und fast alle beginnen entweder mit dem Wort „Ich" oder dem Wort „Sie".

Zweitens ist es eine Geschickte, die sowohl in Deutsch, als auch in English in diesem Buch veröffentlicht ist.

Dies ist ein zweisprachiges Buch.

Man kann parallel lesen.

Der englische Text steht neben dem Deutschen Text, gleich auf der gegenüberliegenden Seite

Normalerweise werden solche Bücher von Leuten gelesen, die Deutsch oder Englisch lernen wollen.

The Experiment

This little book is an experiment.

In two ways.

First, it is a story using only short sentences, and nearly all sentences begin with either with the word "I" or the word "She."

Second, it is a story that is published as well in German and as well in English language in this book.

This is a bilingual book.

You can read parallel.

The English text is published next to the German text, right on the opposite page.

Normally such books are read by people who want to learn either German or English.

Okay, man kann das Buch zum Lernen nehmen.

Aber Achtung:

Dies ist eine zweisprachige Pornogeschichte!

Man liest einen Porno und lernt dabei!

Viele Liebesgeschichten wurden geschrieben.

Aber dies ist keine Liebesgeschichte.

Viele pornografische Geschichten gibt es.

Aber dies ist eine ganz besondere.

Es ist die Geschichte eines einmaligen

Abenteuers in doppelter Bedeutung:

Ich erlebte es nur einmal und es war einmalig.

Ich hoffe, der Leser ist nicht geschockt über das

Erlebte, sondern genießt die Geschichte,

so wie ich sie genossen habe.

Es ist eine wahre Geschichte.

Okay, you can use this book also for learning.

But be aware:

This is a bilingual porn-story!

You learn while reading a porn!

Many love stories have been written.

But this is not a love story.

There are many pornographic stories.

But this is a very special one.

It is the story of a one-time adventure

in double meaning:

I experienced it only once and it was unique.

I hope the reader is not shocked by the

experience, but enjoys the story

same as I enjoyed it.

It's a true story.

Ankunft in Frankfurt

Ich lebe nicht in Frankfurt.

Ich bin aus Mannheim.

Ich fahre mit dem Zug nach Frankfurt.

Ich komme am Hauptbahnhof an.

Ich will in den Puff, in Häuser mit Huren.

Ich gehe in die Taunusstraße und dann links in

die Elbestraße.

Ich sehe viele Häuser, wo Prostituierte arbeiten.

Ich gehe in einigen Häusern spazieren und

Ich sehe mir viele Damen an, aber

ich kann mich nicht entscheiden.

Ich bekomme viele Angebote.

Ich könnte Sex haben, 20 Minuten für 30 €.

Ich kann mich für keine Frau entscheiden und

Arrival in Frankfurt

I am not living in Frankfurt.

I am from Mannheim.

I go to Frankfurt by train.

I arrive at the main station.

I want to go to a brothel, in houses with whores

I go into Taunusstraße and then left into

the Elbestraße.

I see many houses where prostitutes work.

I go for a walk in some houses and

I look at a lot of ladies, but

I can not decide.

I get many offers

I could have Sex, 20 Minutes for 30 €.

I can not decide for a lady and

Ich suche natürlich die Schönste.

Ich habe schon über 100 Frauen gesehen.

Ich komme zu Haus 55 in der Elbestraße.

Ich trinke einen Kaffee im Café Elbe.

Entdeckung einer Schönheit

Ich gehe in Haus 55 hinein,

ich schaue mir die Mädels an auf allen Etagen.

Ich sehe im dritten Stock eine Thailänderin.

Sie sitzt auf einem Barhocker vor dem Zimmer.

Sie ist wunderschön.

Sie hat meterlange, schwarze Haare.

Sie ist circa 175 cm groß.

Sie hat ein Negligee an.

Sie hat einen wunderschönen Busen.

Sie hat mindestens Oberweite C

I'm looking for the most beautiful, of course.

I have already seen over 100 women.

I come to house 55 in Elbestraße.

I drink a coffee in the Café Elbe.

Discovery of a Beauty

I go into house 55,

I look at the girls on all floors.

I see a Thai woman on the third floor.

She is sitting on a bar stool in front of the room.

She is stunning beautiful.

She has meters of long, black hair.

She is about 5 feet tall.

She has a negligee on.

She has a beautiful breasts.

She has at least bust size C

Sie hat ein schönes Gesicht.

Sie lächelt mich an.

Sie sagt auf Englisch: „Hallo"

Sie sagt es etwas schüchtern.

Ich bleibe stehen.

Sie ist so schön.

Ich überlege.

Ich habe heute so viele Frauen gesehen,

ich glaube

ich werde ihr die Chance geben.

Sie muss jetzt nur die richtigen Worte sagen.

Sie kann kein Deutsch sprechen.

Wir reden Englisch.

Ich frage: „Woher kommst du?"

Sie sagt: „Aus Thailand."

She has a beautiful face.

She smiles at me.

She says in English: "Hello"

She says it a bit shy.

I stop.

She is so beautiful.

I think.

I saw so many women today,

I think

I will give her the chance.

She just has to say the right words now.

She can not speak German.

We speak English.

I ask, "Where are you from?"

She says, "From Thailand."

Ich frage:

„Wie lange bist du schon in Frankfurt?"

Sie sagt: „Seit heute."

Ich sage: „Das glaube ich dir nicht."

Sie sagt:

„Ich bin heute aus Amsterdam gekommen.

Ich sage: „Wirklich?"

Sie sagt: „Ja. Seit heute in Frankfurt."

Ich frage: „Wie lange warst du in Amsterdam?"

Sie sagt: „Drei Monate. Jetzt bin ich hier."

Ich denke: „Okay, sie hat Erfahrung."

Sie fragt: „Willst du ins Zimmer kommen?"

Ich sage: „Wieviel kostet es?"

Sie sagt: „20 Minuten, 30 Euro."

Ich frage: „Was machen wir?"

Sie sagt: „Alles, was du willst."

I ask:

"How long have you been in Frankfurt?"

She says, "Since today."

I say, "I do not believe you."

She says:

"I came from Amsterdam today.

I say, "Really?"

She says, "Yes. Since today in Frankfurt. "

I ask, "How long have you been in Amsterdam?"

She says, "Three months. Now I'm here."

I think, "Okay, she has experience."

She asks, "Do you want to come in the room?"

I say, "How much is it?"

She says: "20 minutes, 30 euros."

I ask, "What are we doing?"

She says, "Anything you want."

Ich sage: „Das glaube ich dir nicht."

Sie fragt: „Was willst du denn?"

Ich sage:

„Striptease, Hand Job, Blow Job, Bumsen in

verschiedenen Stellungen."

Sie sagt: „Okay, aber alles mit Kondom."

Ich frage: „Hand Job mit Kondom?"

Sie lacht: „HJ ohne, alles andere mit."

Sie fragt nochmal: „Kommst du rein?"

Ich sage: „Ja", und ich trete ein.

Sie hat ein Zimmer mit einem großen Bett, an

der Wand ist ein Spiegel.

Sie hat auch ein Waschbecken im Zimmer und

auch hier ist ein Spiegel.

I say, "This, I do not believe you."

She asks, "Then, what do you want?"

I say:

"Striptease, hand job, blow job, fucking in

different positions."

She says, "Okay, but everything with a condom."

I ask, "Hand job with condom?"

She laughs: "HJ without, everything else with."

She asks again: "Are you coming in?"

I say, "Yes," and I enter.

She has a room with a big bed, on the wall is a

mirror.

She also has a sink in the room and also here is

a mirror.

Wir tauschen Auskünfte über Name und Alter.

Sie ist 25 Jahre alt.

Ich bin doppelt so alt wie sie.

Ich zahle gerne.

Ich habe gleich Sex mit einer Schönheit.

Ich danke in Gedanken dem Deutschen Staat,

dass Prostitution legalisiert wurde.

Sie hat den Beruf „Sexdienstleisterin".

Sie ist nicht angestellt, sie ist selbständig.

Sie wird für die Service-Zeit bezahlt.

Sie hat einen angemessenen Stundenlohn.

Ich schaue also auf die Uhr. Zeit ist Geld.

Wir ziehen uns aus.

Ich bewundere ihren Körper, die langen Haare

Sie hat noch das Höschen an.

Ich störe mich nicht daran.

We exchange information about name and age.

She is 25 years old.

I am twice as old as she is.

I happily pay.

I will have sex with a beauty soon.

I am thankful in my thoughts to the German

State, because prostitution was legalized.

She has the job called „Sex-Service-Provider".

She is not employed, she is self-employed.

She is payed for the service-time.

She has a reasonable hourly rate.

I therefore check my watch. Time is money.

We undress.

I admire her beautiful body, the long hair.

She still wears her panty.

I don't mind that.

Vorspiel

Ich bitte sie, sich aufs Bett zu STELLEN.

Sie steht auf dem Bett.

Sie darf sich jetzt präsentieren und drehen

Ich genieße diesen tollen Anblick.

Sie steht auf dem Bett an der Bettkante,

Ich stehe nahe am Bett, vor ihr.

Ich habe ihre Super Titten vor meinen Augen.

Ich streichle ihre wunderschönen Brüste

Ich küsse ihre Brustwarzen.

Sie erlaubt alle diese Berührungen.

Ich werde geil.

Ich bitte nun um eine Massage.

Foreplay

I ask her to climb on the bed and stand there.

She stands on the bed.

She can present herself now and spins around

I enjoy this great sight.

She stands on the bed, at the edge,

I am standing close to the bed, in front of her.

I have her super tits in front of my eyes.

I caress her wonderful breasts.

I kiss her nipples.

She allows all of these touches.

I get horny.

I ask for a massage.

Massage mit Hand und Fuß

Ich stehe noch immer vor dem Bett.

Sie kniet sich vor mich, massiert.

Ich wünsche eine Massage mit Creme oder Öl.

Sie durchsucht das Zimmer nach Creme oder Öl,

Sie ist erst heute aus Amsterdam angekommen

und sie findet das Zeugs nicht gleich aber:

Sie findet schließlich eine Körperlotion.

Sie kniet wieder auf dem Bett vor mir,

ich wünsche eine sehr langsame Massage

Ich bitte sie, *nur* die Eichel zu massieren.

Sie lehnt sich zurück, stützt sich auf ihren linken

Ellbogen,

sie massiert mich weiter mit den Fingern der

rechten Hand,

Massage with hand and feet

I am still standing in front of the bed.

She kneels in front of me and massages.

I ask for massage with cream or oil.

She searches the room for cream or oil.

She just arrived today from Amsterdam

and she doesn't find the stuff immediately but:

She finally finds a body lotion.

She kneels again on the bed in front of me.

I ask for a very slow massage.

I ask her, to only massage the glans (head).

She leans back, leaning on her left elbow

She keeps massaging me with the fingers of her

right hand.

Sie hält Augenkontakt.

Sie stöhnt als ob ich sie ficken würde.

Sie beobachtet genau, wie ich auf ihre Finger-

massage reagiere.

Sie hebt ihr rechtes Bein und

sie streichelt mit dem Fuß meine Oberschenkel,

sie tätschelt meine Hoden mit ihrem Fuß und

sie ist immer noch in dieser Rückenlage und

sie massiert mich noch immer mit den Fingern.

Ich finde es so erregend und werde geiler

ich lasse sie eine Ewigkeit weitermachen und

ich überlege, ihr auf den Körper zu spritzen,

ich bleibe aber nur bei der Vorstellung, denn

ich will wissen, was sie sonst noch drauf hat.

Ich kontrolliere die Zeit, zehn Minuten sind um.

She keeps eye contact.

She moans as if i would fuck her.

She notices exactly, how I react on her finger-massage.

She lifts her right leg and

She caresses with the foot my thighs,

she pats my testicles with her foot and

she still is in this supine position and

she still massages me with the fingers.

I find it so much exciting and get hornier.

I let her go on for an eternity and

I think of covering her body with my cum, but

I only keep the imagination, because:

I want to know what else she is capable of.

I check the time, ten minutes have passed.

Hauptspiel mit Überraschung

Position 1, im Stehen von Vorne
Sie auf dem Barhocker vorm Spiegel.

Ich war noch nicht im Bett mit ihr und

ich schnappe mir den Barhocker,

ich platziere ihn vor dem großen Spiegel neben

dem Waschbecken.

Sie zieht sich den Slip aus, legt sich aufs Bett.

Ich winke sie aus dem Bett, sage ihr:

Sie soll sich auf den Hocker setzen.

Sie sitzt ganz vorne auf dem Barhocker.

Sie hat den Rücken zum Spiegel an der Wand.

Ich stehe mit dem Rücken zum Bett,

Ich habe den Spiegel und das Mädchen vor mir.

Main Act with Surprise

Position 1, Standing in front of her
She on the bar stool in front of the mirror.

I still was not in bed with her and

I grab the bar stool.

I place it in front of the big mirror next to

the sink.

She undresses the panty and lies on the bed.

I wave her out of the bed, tell her:

She shall sit down on the stool.

She sits on the edge of the bar stool.

She has her back to the mirror at the wall.

I stand with the bed in my back,

I have the mirror and the girl in front of me.

Sie hat lange Beine und stellt die Füße auf die

Bettkante hinter mir,

Sie nimmt die Gleitcreme.

Sie feuchtet sich die Muschi an.

Ich dringe sehr langsam ein.

Sie ist total eng und

ich bin supergross und

Ich bin erst mit 60% Länge drin und

ich merke, ich kann nicht tiefer eindringen..

Sie bedeckt ihre Möse mit der Hand,

Sie baut eine Abbremssicherung ein,

Sie fürchtet, dass ich zu tief stoße.

Ich merke es, und nehme ihr die Angst,

Ich gleite vorsichtig rein und raus.

Sie hat wirklich eine sehr enge Muschi,

She has long legs and puts her feet on the edge

of the bedside behind of me.

She uses the lube.

She gets her pussy wet.

I enter her penetrating very slowly.

She is very tight and

I am super big und

I have just entered with 60% of my length and

I feel that I can't dive deeper into her.

She covers her pussy with the hand.

She is building an assurance for a break.

She is afraid, I could bump her too deep.

I notice it and take away her fear.

I slide in and out very carefully.

She has really a very tight cunt.

Ich mache es langsam, in Zeitlupe.

Ich mache es mit viel Genuss.

Sie hat wieder Vertrauen zu mir, und

sie nimmt die störende Hand weg,

Ich sehe nach unten.

Ich will meinen Penis in der Muschi sehen.

ich sehe eine recht große Muschi, obwohl

Sie ist doch so eng und nicht tief.

Sie stöhnt, echt oder gespielt?

Ich finde es geil, es ist mir ganz egal.

Ich sehe ihren riesigen Kitzler und

ich erinnere mich, dass Chirurgen einen Penis

zum Kitzler umbauen können.

Ich denke plötzlich:

Sie ist vielleicht ein umgebauter Mann, aber:

Ich bin gerade am Ficken und hirnlos geil,

I do it slowly, in slow motion.

I do it with a lot of pleasure.

She regains confidence in me again, and

She takes away her unpleasant hand.

I look down.

I want to see my penis in the pussy.

I see a quite big pussy, even though

She is so tight and not deep.

She moans, right or fake?

I think it's hot and I don't care at all.

I see her huge clit and

I remember that surgeons can transform a penis

to a clitoris.

I think to my surprise:

She maybe is a transformed man, but:

I am just fucking and I am brainlessly horny.

Sie hat eine Möse und schöne Titten und

Sie sieht wie das Cover-Fotomodell aus.

Ich bumse also einfach weiter und

Ich genieße das -ah!- Rein und Raus.

Ich schaue uns im Spiegel dabei zu und

Ich genieße den Anblick, ein Model zu vögeln.

Sie ist meine erste zur Frau umgebaute Mann,

Sie ist die erste Transe, die ich bumse,

sie ist der erste Katoy in meinem Leben und

ich finde es so obergeil.

Sie stöhnt und wimmert lustvoll,

ich bumse langsam und genussvoll weiter,

ich greife ihren Busen, küsse ihn und

ich bumse sie auf dem Hocker im Stehen.

Ich könnte jetzt Kommen, so geil ist es, aber

ich will wissen, was sie sonst noch drauf hat.

34

She has a pussy and pretty tits and

She looks like the model on the book-cover

I just keep fucking her and

I'm enjoying it, ahhh, this in and out

I am watching us in the mirror, doing it, and:

I am enjoying the view, to see me fuck a model.

She is my first girl, trans-created from a man.

She is he first Trans who I fuck,

she is he first Katoy in my life and

I find it so much exciting.

She moans and wimmers from lust.

I go on penetrating slowly and enjoy.

I grab her boobs, kiss them and

I fuck her on the stool, standing on my feet.

I could cum now, it so hot, but:

I want to know what else she is capable of.

Position 2, Hündchenstellung stehend
sie über den Barhocker gelegt.

Ich sage ihr wie sie sich positionieren soll.

Sie stützt sich mit Ellbogen auf den Hocker,

ich stehe hinter ihr.

Wir sehen uns im Spiegel der vor uns ist.

Sie in der vorgebeugten, stehenden Doggy,

Ich öffne ihre Pobacken, schaue genau hin und

ich dringe ein, wieder spüre ich:

Sie ist eng und ich kann nicht ganz hinein.

Sie stöhnt wieder, ganz im Rhythmus,

Ich fahre rein und raus von ihr und

ich beobachte uns im Spiegel beim Bumsen,

Ich kann ihren Busen in dieser Doggy sehen.

Position 2, Doggy, me standing

She bends over the stool

I tell her how to position herself.

She upholds her with the elbows on the stool

I stand behind her.

We see ourselves in the mirror in front of us.

She in bended, standing Doggy-Position.

I open her buttocks, take a close look and

I penetrate into her and again I feel;

She is tight and I cannot stick in all my cock.

She moans again, compliant with the rhythm.

I drive in and out of her and

I watch us in the mirror, making love.

I can see her boobs in this doggy position.

Sie hat die Haare nicht zusammengebunden.

Ich genieße den Anblick der langen Haare die

über ihren Rücken fließen.

Sie schaukelt vor und zurück

Ich greife nach vorne, massiere die Brüste, und

ich sehe es alles im Spiegel.

Ich schaue auf die Armbanduhr.

Ich sehe, es sind 20 Minuten vergangen.

Ich will wissen, zu was sie sonst noch fähig ist.

She has not fixed her hair.

I enjoy the view of her long hair which are

flowing along her back.

She rocks back and forth.

I reach out to the front and massage her tits and

I see it all in the mirror.

I look at my wristwatch.

I see that twenty minutes have passed.

I want to know what else she is capable of.

Position 3, Reiterstellung auf dem Bett

Sie weiß, dass sie gut arbeitet und

ich fordere viel von ihr.

Sie sagt: "Hast du noch Geld für mich?"

Ich antworte: "Yes, 10 Euro"

Sie setzt sich auf mich, natürlich vorsichtig, nur

bis zum Anschlag.

Ich sehe ihre wunderschönen Brüste,

ich habe die langen Haare in meinem Gesicht.

Sie beugt sich vor, ich sehe nur noch Titten

Ich habe das Glockenleuten vor meinen Augen.

Ich greife zu ihrem Po,

ich lüpfe ihren Körper, das Rein & Raus klappt.

Sie stöhnt und schaukelt zum Rhythmus.

Position 3, Cowboy riding on the bed

She knows, she does a good job and

I request much from her.

She says: „You got more money for me?"

I answer: „Yes, 10 €"

She sits down on me, carefully of course, only

until the impact.

I see her wonderful breasts,

I have her long hair in my face.

She bends forward, I only see boobs.

I have the bells ringing in front of my eyes.

I grab her buttocks.

I lift her body, and the in and out game works.

She is moaning and rolling to the rhythm.

Ich will dass sie den Po anhebt.

Ich wünsche, dass sie ein Bein anwinkelt, und

Ich bekomme die beste Reiterstellung.

Ich kann uns im Spiegel an der Wand sehen.

Ich schaue uns im Spiegel zu.

Sie weiß, wie man so reitet.

Ich sehe mein Rein und Raus Stechen

Ich könnte kommen so geil ist es, aber

ich mag nicht in ein Gummi spritzen.

Ich unterbreche ihr Reiten.

I want that she lifts her botty.

I request her tob bend one leg, and

I get the best cowboy position.

I can see us in the mirror at the wall.

I watch us in the mirror.

She knows how to ride like this.

I see my sticking it in and out.

I could cum, it's so horny, but:

I don't like to cum in a condom.

I stop her riding.

Abschiessen aus liegender Position

Ich ziehe das Kondom aus,

sie soll wieder die Lotion verwenden.

Sie nimmt die Creme und

sie greift meine Eichel mit zwei Fingern

Sie ist / war ein Mann und

sie weiß genau, was sie mir antut.

Sie weiß, wie man einen Mann verrückt macht

Sie massiert mich und stöhnt dabei.

Ich schaue mir ihren schönen Körper an und

ich komme und schließlich schieße ich ab.

Sie massiert weiter und weiter, und

Ich zucke am ganzen Körper beim Orgasmus.

Schooting while lying

I remove the condom

She shall use the lotion again.

She takes the cream and

She puts zwo fingers around my glans.

She is / was a man and

She knows exactly what she's doing to me.

She knows how to drive a man crazy.

She strokes me and moans to it.

I look at her beautiful body an

I cum and finally I shoot my load.

She strokes on and on and on

I shrug my whole body while orgasming

Schlußgespräch

Ich liege befriedigt auf dem Bett.

Sie kümmert sich um Sperma und Creme

Sie reinigt meinen Penis, trocknet alles ab.

Wir stehen auf und ziehen uns an.

Sie ist Thai, sie versteht kein Deutsch.

Ich frage auf Englisch:

„Eine Frage, bitte antworte ehrlich."

Sie schaut mich an, hat nicht verstanden.

Ich wiederhole:

„Eine Frage, bitte antworte korrekt."

Sie sitzt auf der Bettkante, schaut mich an.

Sie wartet auf die Frage.

Ich frage in einfachstem Englisch:

"Du Mann, früher?

After Sex Talk

I lie satisfied on the bed.

She takes care of sperms and lotion.

She cleans my penis and drys everything.

Weg et up and put on our clothes.

She is Thai, she doesn't understand German

I ask her in English langauage:

„One question, please answer honestly."

She looks at me, has not understood.

I repeat:

„One question, please answer correct."

She sits on the edge of the bed and looks at me.

She waits for the question.

I ask her in very simple English words:

„You man, before?"

Sie schaut mich ängstlich an,

sie fürchtet vielleicht,

ich werde jetzt durchdrehen, wenn

sie nicht lügt.

Ich sage:

"Kein Problem, du bist eine schöne Frau.

Aber du Mann frühe?"

Sie nickt.

Ich lächle und sage:

"Du früher Mann, aber jetzt du bist ein sehr

hübsches Mädchen."

Sie lächelt und freut sich über das Kompliment.

Ich gebe ihr die 10 Euro Trinkgeld.

Ich erinnere mich an ihr erstes Angebot und

ich sage:

"Beschwerde! Du hast den Blow Job vergessen!"

She looks at me anxious,

she maybe is afraid,

I will go crazy now, if

She doesn't lie.

I say:

"No problem, you are beautiful lady.

But you man before?"

She nodds.

I smile and say:

"You man before, but now you are a very

pretty girl."

She smiles and is happy for the compliment.

I give her ten € tip.

I remember her first offer and

I say:

"Complaint! You forgot the Blow Job"

Sie sagt auf Englisch:

„Oh, sorry. Warum hast du es nicht gesagt?"

Ich sage:

"Okay, nächstes Mal mit blowjob, inclusive

Sie nickt.

Wir küssen uns auf die Wangen.

Ich wünsche alles Gute,

ich streichle über ihre meterlangen Haare und

ich verlasse sie und

ich gehe ins Café Elbe und

Ich trinke ein Bier und

Ich weiß,

ich werde sie niemals vergessen.

Suzi war ein tolles Abenteuer der besonderen

Art

Ich liebe Abenteuer.

She says in English:

„Oh, I am sorry. Why you not say earlier?"

I say;

"Okay, next time with blowjob, inclusive."

She nodds.

We kiss our cheeks.

I wish her all the best.

I stroke her meters of hair and

I leave her and

I go to Café Elbe and

I drink a beer and

I know,

I will never forget her.

Suzi was a great adventure of a special kind.

I love adventures.

Zusammenfassung, Resümee

Diese Transe, ob Mann oder Frau, hat alle meine

Positions-Wünsche und andere Bitten erfüllt,

Sie hat Fantasie bewiesen, als sie den Fuß ein-

setzte und stets Augenkontakt gehalten.

Dieser Katoy erfüllte einen Service, den ein Mann

von einer Frau erträumt.

Zur meiner vollsten Zufriedenheit.

Außerdem stillte sie auch meine Lust auf Aben-

teuer, denn wer meine Bücher kennt, der kennt

auch meine folgenden Worte:

Liebe endet mit Liebeskummer,

Sex endet mit Orgasmus, aber

die Lust auf Abenteuer endet nie

Summary, Resume

This TS, consider it man or woman, has fulfilled all my wishes for positons and other requests.

She has proven imagination when she used the foot and she always kept eye contact.

This Ladyboy fulfilled a service, of which a man dreams, getting it from a woman.

To my complete satisfaction.

Moreover, she satisfied my desire for adventures, because who knows me, also knows my words:

Love ends with lovesickness

Sex ends with orgasm, but

the desire for adventure never ends.

Die Laufhäuser in Deutschland

So leicht kann man in Deutschland eine Sexdienstleisterin finden: Gehe in eine Straße mit Bordellen im Rotlicht Viertel.
Stell dir vor, du betrittst ein altmodisches Hotel, ohne Rezeption, ohne Fahrstuhl. Du gehst die Treppe rauf, gelangst auf einen Flur. Geh den Flur entlang, auf jedem Flur sind mehrere kleine Zimmer, die kärglich eingerichtet sind:
Ein Bett, ein Schrank, eine Kommode, ein Holzschemel, ein Waschbecken.

Die Türen zu den Zimmern sind entweder geschlossen, oder offen. Vor den offenen Zimmern sitzen Mädchen auf Barhockern. Du gehst den Flur entlang, schaust dir die Damen an, gehst ein Stockwerk höher und noch eines und weiter. Dann gehst du auch ins Haus nebenan oder ins Haus gegenüber und steigst wieder die Treppe herauf und herunter.
Die Mädchen auf den Barhockern lächeln dich an und wenn du einmal vor einer stehen bleibst, weil sie hübsch ist und sympathisch erscheint, dann wird sie dir diese Frage stellen:
„Hast du Lust? Willst du reinkommen?"

Walk-Trough Brothels in Germany

It's so easy to find a sex service provider in Germany: Go to a street with brothels in the red light district.

Imagine, you enter an old-fashioned hotel, without a reception, without an elevator. You go up the stairs, get into a hallway. Walk down the hall, on each floor there are several small rooms that are poorly furnished:

A bed, a cupboard, a chest of drawers, a wooden stool, a washbasin.

The doors to the rooms are either closed or open. In front of the open rooms girls sit on barstools. You go down the hall, look at the ladies, go up one floor and one more and more.

Then you go to the house next door or into the house opposite and climb up and down the stairs again.

The girls on the bar stools are smiling at you and when you stop in front of one because she is pretty and seems simpatico,

then she will ask you this question:

"Are you in mood? Do you want to come in?"

Über Siggi Selector – About the author

Siggi Selector liebt das Leben, die Lust und sexuelle Abenteuer. Seine Storys basieren stets auf wahren Erlebnissen.
Als Single bleibt er nur sich selbst treu.
Seine Visitenkarte ziert das Logo von einem Vogel der in Freiheit fliegt.

Siggi Selector loves life, lust and sexual adventures. His stories are always based on real experiences.
As a single, he only remains true to himself.
His business card shows the logo of a bird flying in freedom.

Kontakt - Contact:
www.facebook.com/siggi.selector
http://twitter.com/SiggiSelector